数学

习题册

（下册）

全国中等职业技术学校通用教材

张 路 周阁丽 主编

 经济科学出版社

内 容 简 介

本习题册是全国中等职业技术学校通用教材《数学》(下册)的配套用书。习题册紧扣教学要求,按照课本章节顺序编排,习题的编写注重基础知识的巩固及基本能力的培养。知识点分布均衡,题型丰富多样,难易配置适当,适合不同程度的学生练习使用。

图书在版编目(CIP)数据

数学习题册. 下册/张路,周阁丽主编.—北京:经济科学出版社,2009.8
全国中等职业技术学校通用教材
ISBN 978—7—5058—8491—5

Ⅰ.数… Ⅱ.①张…②周… Ⅲ.数学课—专业学校—习题 Ⅳ.G634.605

中国版本图书馆 CIP 数据核字(2009)第 142731 号

责任编辑:凌　敏
责任校对:杨晓莹
技术编辑:李长建

数学习题册(下册)
张　路　周阁丽　主编
经济科学出版社出版、发行　新华书店经销
社址:北京市海淀区阜成路甲 28 号　邮编:100142
教材编辑中心电话:88191344　发行部电话:88191540
网址:www.esp.com.cn
电子邮件:espbj3@esp.com.cn
北京市密兴印刷厂印装
787×1092　16 开　2.75 印张　67000 字
2009 年 8 月第 1 版　2009 年 8 月第 1 次印刷
ISBN978—7—5058—8491—5　定价:5.90 元

目　录

第1章 解析几何（二）

1.1 抛 物 线

1.1.1 抛物线（一）

 基础训练

一、选择题

1. 根据抛物线的画法可知,若抛物线上任一点到焦点的距离为 a,到准线的距离为 b,则 a、b 之间的大小关系应满足(　　　).

　A. $a > b$ 　　　　　B. $a < b$ 　　　　　C. $a = b$ 　　　　　D. 无法确定

2. 抛物线 $y^2 = 2px(p > 0)$,它的焦点坐标为(　　　).

　A. $(0,0)$ 　　　　B. $(p,0)$ 　　　　C. $(-p,0)$ 　　　　D. $(\frac{p}{2},0)$

3. 抛物线 $y^2 = 2px(p > 0)$ 的离心率为(　　　).

　A. 0 　　　　　　B. 1 　　　　　　C. $\frac{1}{2}$ 　　　　　D. 无法确定

4. 抛物线 $y^2 = 2px(p > 0)$ 的对称轴为(　　　).

　A. x 轴 　　　　B. y 轴 　　　　C. 直线 $x = y$ 　　　D. 没有对称轴

二、填空题

1. 已知抛物线 $y^2 = 2px(p > 0)$,其准线方程是_____.

2. 抛物线 $y^2 = 2px(p > 0)$,其顶点坐标是_____.

三、解答题

1. 根据抛物线标准方程,求解以下抛物线的焦点坐标.

　(1) $y^2 = 4x$ 　　　　　　　　　　　　(2) $y^2 = 2x$

　(3) $y^2 = 16x$ 　　　　　　　　　　　(4) $y^2 = x$

2. 已知抛物线关于 x 轴对称,它的顶点在坐标原点,并且经过点 $(2, 2\sqrt{2})$,求它的标准方程.

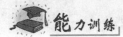 **能力训练**

已知某抛物线的顶点在原点,焦点在 x 轴正半轴上,通径长度为 6,求这个抛物线的标准方程和通径的端点坐标.

1.1.2   抛物线(二)

 基础训练

一、选择题

1. 抛物线 $x^2 = -2py (p > 0)$ 的开口方向是(　　).

A. 向左　　　　　　B. 向右　　　　　　C. 向上　　　　　　D. 向下

2. 抛物线 $y^2 = -2x$ 的准线方程是(　　).

A. $x = 1$　　　　　B. $x = \dfrac{1}{2}$　　　　　C. $y = \dfrac{1}{2}$　　　　　D. $y = -1$

3. 抛物线 $x^2 = 4y$ 上一点 A 的纵坐标为 4,则点 A 与抛物线焦点的距离为(　　).

A. 2　　　　　　　B. 3　　　　　　　C. 4　　　　　　　D. 5

二、填空题

1. 抛物线 $y^2 = -2px (p > 0)$ 的准线方程为_____.

2. 准线方程为 $y = 1$ 的抛物线的标准方程是_____.

三、解答题

1. 判断下列抛物线的开口方向,并求出其准线方程.

(1) $y^2 = -2x$　　　　　　　　　　　(2) $x^2 = 8y$

(3) $x^2 = -y$　　　　　　　　　　　(4) $y^2 = 4x$

2. 写出顶点在原点,焦点在 y 轴上,且过点 $P(4, 2)$ 的抛物线标准方程的表达式.

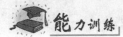 **能力训练**

抛物线 $y^2 = 2px (p > 0)$ 与直线 $y = k(x-1)$ 的一个交点 A 的坐标是 $(4, 4)$,则点 A 到焦点的距离是多少?

1.1.3　抛物线(三)

 **基础训练**

一、选择题

1. 抛物线 $2x^2 + 3y = 0$ 的开口方向是(　　).

A. 向左 B. 向右 C. 向上 D. 向下

2. 抛物线 $y^2 = -\dfrac{1}{2}x$ 的准线方程是(　　).

A. $x = \dfrac{1}{4}$ B. $x = -\dfrac{1}{4}$ C. $x = \dfrac{1}{8}$ D. $x = -\dfrac{1}{8}$

二、填空题

1. 顶点在原点,焦点坐标是$(5,0)$,则抛物线的标准方程为_____.

2. 顶点在原点,准线方程为 $y = -\dfrac{1}{4}$,则抛物线的标准方程为_____.

3. 焦点坐标是$(0,-3)$,准线方程是 $y = 3$,则抛物线的标准方程为_____.

三、解答题

焦点到准线的距离是6,顶点在原点,求抛物线标准方程.

 能力训练

一条隧道的顶部是抛物线拱形,拱高是1.5m,跨度是2m,求拱形的抛物线方程.

1.2　椭　　圆

1.2.1　椭圆(一)

 **基础训练**

一、选择题

1. 根据画椭圆的方法可知,椭圆上任意一点到 F_1 和 F_2 的距离之和(　　).

A. 为任意值 B. 为定值

C. 为定值且小于 $|F_1F_2|$ D. 不确定

2. 根据椭圆的标准方程$\dfrac{x^2}{a^2} + \dfrac{y^2}{b^2} = 1(a > b > 0)$,可知半焦距 c 和 a、b 之间满足的关系应为

(　　).

A. $a^2 + b^2 = c^2$ B. $a^2 + b^2 > c^2$ C. $a^2 - b^2 = c^2$ D. 三者没有关系

3. 根据椭圆的标准方程 $\dfrac{x^2}{a^2} + \dfrac{y^2}{b^2} = 1(a > b > 0)$，可知它与 x 轴正半轴的交点坐标为

（   ）.

    A. $(a, 0)$ B. $(b, 0)$ C. $(c, 0)$ D. 无法确定

4. 根据椭圆的标准方程 $\dfrac{x^2}{a^2} + \dfrac{y^2}{b^2} = 1(a > b > 0)$，可知椭圆的离心率为（   ）.

    A. 焦距与短轴之比 $\dfrac{c}{b}$ B. 长轴与短轴之比 $\dfrac{a}{b}$

    C. 短轴与长轴之比 $\dfrac{b}{a}$ D. 焦距与长轴之比 $\dfrac{c}{a}$

二、填空题

1. 已知椭圆 $\dfrac{x^2}{16} + \dfrac{y^2}{9} = 1$ 上的一点 M 到椭圆一个焦点的距离为 3，则点 M 到另一个焦点的

    距离为 _____.

2. 对称轴为坐标轴，离心率 $e = \dfrac{2}{3}$，长轴为 y 轴且长度为 6 的椭圆的方程为 _____.

三、解答题

    根据下列椭圆的标准方程，求解椭圆的长轴、短轴和焦距的长度，以及焦点和顶点坐标.

（1）$\dfrac{x^2}{4} + y^2 = 1$ （2）$\dfrac{y^2}{6} + \dfrac{x^2}{2} = 1$

（3）$\dfrac{x^2}{45} + \dfrac{y^2}{36} = 1$ （4）$\dfrac{x^2}{9} + \dfrac{y^2}{4} = 1$

 能力训练

    已知椭圆标准方程为 $\dfrac{y^2}{16} + \dfrac{x^2}{9} = 1$，求这个椭圆的离心率 e.

1.2.2   椭圆（二）

 基础训练

一、选择题

1. 离心率 e 与椭圆形状之间的关系是（   ）.

    A. e 越接近 1 椭圆更接近于球形   B. e 越接近 1 椭圆更接近于圆形

    C. e 越接近 1 椭圆越扁   D. 二者之间没有关系

2. 根据椭圆的标准方程 $\dfrac{x^2}{a^2}+\dfrac{y^2}{b^2}=1(a>b>0)$，可知通径的长为(　　).

    A. $\dfrac{b^2}{c}$ B. $\dfrac{2b^2}{a}$ C. $\dfrac{a^2}{c}$ D. $\dfrac{2a^2}{c}$

3. 根据椭圆方程 $\dfrac{y^2}{a^2}+\dfrac{x^2}{b^2}=1(a>b>0)$，可知该椭圆的长轴所在直线为(　　).

    A. x 轴   B. y 轴   C. 直线 $y=x$ D. 无法确定

4. F_1，F_2 是定点，$|F_1F_2|=6$，动点 M 满足 $|MF_1|+|MF_2|=6$，则点 M 的轨迹是(　　).

    A. 椭圆   B. 直线   C. 线段   D. 圆

二、填空题

1. 椭圆 $\dfrac{y^2}{25}+\dfrac{x^2}{9}=1$ 的焦距为_____.

2. 椭圆 $\dfrac{x^2}{5}+\dfrac{y^2}{4}=1$ 的离心率为_____.

三、解答题

1. 求下列椭圆上的动点离椭圆的左焦点的最大距离.

    (1) $\dfrac{x^2}{25}+\dfrac{y^2}{9}=1$ (2) $\dfrac{x^2}{4}+y^2=1$

2. 求中心在原点，焦点在 x 轴上，焦距等于 4，离心率 $e=\dfrac{1}{3}$ 的椭圆方程.

 **能力训练**

方程 $x^2+ky^2=2$ 表示焦点在 y 轴上的椭圆，则 k 的取值范围是多少？

1.2.3　椭圆(三)

 基础训练

一、选择题

1. 焦点在 x 轴上的椭圆 $\dfrac{x^2}{4}+\dfrac{y^2}{m}=1$，它的离心率为 $\dfrac{1}{2}$，则 m 的值为(　　).

    A. 3   B. $\sqrt{2}$ C. 5   D. $\sqrt{5}$

2. 椭圆 $\dfrac{x^2}{25}+\dfrac{y^2}{9}=1$ 的通径长为(　　).

    A. $\dfrac{9}{5}$ B. $\dfrac{6}{25}$ C. $\dfrac{18}{25}$ D. $\dfrac{18}{5}$

二、填空题

1. 根据椭圆方程 $\dfrac{x^2}{25} + \dfrac{y^2}{16} = 1$ 可知,椭圆上的动点离椭圆的左焦点的最大距离为_____.

2. 已知椭圆方程 $x^2 + 4y^2 = 8$,则其焦点坐标为_____,离心率为_____.

三、解答题

1. 已知椭圆的方程是 $2x^2 + y^2 = 4$,P 是椭圆上任一点,求点 P 到椭圆两焦点的距离之和.

2. 对称轴为坐标轴,离心率 $e = \dfrac{2}{3}$,长半轴长为 6,写出椭圆的标准方程.

3. 求出下列椭圆的焦点坐标和离心率.

(1) $\dfrac{y^2}{100} + \dfrac{x^2}{64} = 1$ (2) $2x^2 + y^2 = 6$

 能力训练

已知椭圆的长轴长度是短轴的 3 倍,且椭圆经过点 $(3,0)$,写出以坐标轴为对称轴的椭圆的标准方程.

1.3 双 曲 线

1.3.1 双曲线(一)

基础训练

一、选择题

1. 根据画双曲线的方法可以得知,双曲线上任意一点到焦点 F_1 和 F_2 的距离之差的绝对值( ).

    A. 为任意值　　　　　　　　　　B. 为定值

    C. 为定值,且大于 0 小于 $|F_1F_2|$　　　D. 不确定

2. 根据双曲线的标准方程 $\dfrac{x^2}{a^2} - \dfrac{y^2}{b^2} = 1(a>0, b>0)$,可知半焦距 c 和 a、b 之间满足的关系应为( ).

    A. $a^2 + b^2 = c^2$　　　B. $a^2 + c^2 = b^2$　　　C. $b^2 + c^2 = a^2$　　　D. 三者没有关系

3.根据双曲线的标准方程 $\frac{x^2}{a^2} - \frac{y^2}{b^2} = 1 (a > 0, b > 0)$,可知它与 x 轴正半轴的交点坐标为

( ).

A. $(a, 0)$　　　　　B. $(b, 0)$　　　　　C. $(c, 0)$　　　　　D. 无法确定

4.根据双曲线的标准方程 $\frac{x^2}{a^2} - \frac{y^2}{b^2} = 1 (a > 0, b > 0)$,可知双曲线的离心率 e 满足( ).

A. $e = 1$　　　　　B. $e < 1$　　　　　C. $e > 1$　　　　　D. $e < 0$

二、填空题

1.已知双曲线 $\frac{x^2}{25} - \frac{y^2}{9} = 1$ 上有一点 P 到一个焦点的距离为12,则到另一个焦点的距离为

_____.

2.双曲线 $\frac{x^2}{a^2} - \frac{y^2}{b^2} = 1 (a > 0, b > 0)$ 的虚轴长度是_____.

3.与椭圆不同,双曲线与坐标轴的交点有_____个.

三、解答题

1.根据下列双曲线的标准方程,求双曲线的实轴、虚轴和焦距的长度,以及焦点坐标.

(1) $\frac{x^2}{4} - y^2 = 1$ 　　　　　　　　　(2) $\frac{x^2}{6} - \frac{y^2}{2} = 1$

2.双曲线 $3mx^2 - my^2 = 3$ 的一个焦点是 $(2, 0)$,求 m 的值.

3.根据已知双曲线的标准方程,求其渐近线的方程.

(1) $\frac{x^2}{9} - \frac{y^2}{16} = 1$ 　　　　　　　　(2) $x^2 - y^2 = 4$

能力训练

已知抛物线的渐近线分别为 $y - 3x = 0$ 和 $y + 3x = 0$,一个顶点的坐标是 $(2, 0)$,求该双曲线的标准方程.

1.3.2 双曲线(二)

 基础训练

一、选择题

1. 双曲线 $\frac{x^2}{4} + \frac{y^2}{k} = 1$ 的离心率 $e \in (1,2)$，则 k 的取值范围是(　　).

    A. 1   B. $\frac{3}{2}$ C. $(-12,0)$ D. $(-60,-12)$

2. 已知平面内有一定线段 AB，其长度为 4，动点 P 满足 $|PA| - |PB| = 3$，O 为 AB 的中点，则 $|PO|$ 的最小值为(　　).

    A. 1   B. $\frac{3}{2}$ C. 2   D. 3

3. 双曲线 $y^2 - 4x^2 = 4$ 的渐近线方程为(　　).

    A. $y = 2x$ B. $y = \pm 2x$ C. $y = \frac{1}{2}x$ D. $y = \pm \frac{1}{2}x$

4. 双曲线的开口大小和离心率 e 之间的关系为(　　).

    A. e 越大开口越大   B. e 越大开口越小

    C. e 越小开口越大   D. 二者没有关系

二、填空题

1. 若方程 $\frac{x^2}{m-1} - \frac{y^2}{m+2} = 1$ 表示焦点在 y 轴上的双曲线，则 m 的取值范围为＿＿＿＿＿＿.

2. 双曲线 $\frac{y^2}{a^2} - \frac{x^2}{b^2} = 1(a > 0, b > 0)$ 的渐近线方程为＿＿＿＿＿＿.

3. 双曲线 $\frac{y^2}{a^2} - \frac{x^2}{b^2} = 1(a > 0, b > 0)$ 与 x 轴的交点有＿＿＿＿＿＿个.

三、解答题

1. 求符合下列条件的双曲线的标准方程.

    (1) 焦点在 x 轴上，实轴长 12，虚轴长 8.

    (2) 焦点在 y 轴上，焦距是 10，实轴长为 8.

2. 双曲线 $\frac{x^2}{a^2} - \frac{y^2}{b^2} = 1$ 的两条渐近线互相垂直，求该双曲线的离心率.

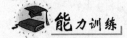

已知双曲线的中心在原点,对称轴为坐标轴,且过点 $A(5\sqrt{2},-12)$,双曲线的一条渐近线平行于直线 $12x-5y+35=0$,求该双曲线的标准方程.

1.3.3　双曲线(三)

一、选择题

1.已知双曲线是以椭圆 $\dfrac{x^2}{16}+\dfrac{y^2}{9}=1$ 的两个顶点为焦点,以椭圆的焦点为顶点,那么双曲线的方程为(　　).

A. $\dfrac{x^2}{16}-\dfrac{y^2}{9}=1$　　　B. $\dfrac{x^2}{7}-\dfrac{y^2}{9}=1$　　　C. $\dfrac{x^2}{9}-\dfrac{y^2}{16}=1$　　　D. $\dfrac{x^2}{9}-\dfrac{y^2}{7}=1$

2.已知双曲线的方程为 $x^2-y^2=-4$,则该双曲线的渐近线方程为(　　).

A. $y=x$　　　B. $y=\dfrac{1}{2}x$　　　C. $y=\pm x$　　　D. $y=\pm\dfrac{1}{2}x$

二、填空题

1.双曲线 $\dfrac{x^2}{16}-\dfrac{y^2}{9}=1$,$F_1$、$F_2$ 是它的两个焦点,过 F_1 的直线与双曲线的一支有两个交点 A、B,若 $|AB|=10$,则 $\triangle ABF_2$ 的周长为_____.

2.已知 F_1、F_2 是双曲线 $\dfrac{x^2}{16}-\dfrac{y^2}{9}=1$ 的焦点,PQ 是过焦点 F_1 的弦,且 PQ 的倾斜角为 $60°$,那么 $|PF_2|+|QF_2|-|PQ|$ 的值为_____.

三、解答题

1.求证:双曲线 $x^2-15y^2=15$ 与椭圆 $\dfrac{x^2}{25}+\dfrac{y^2}{9}=1$ 有相同的焦点.

2.求下列双曲线的焦点坐标、顶点坐标、离心率以及渐近线方程.

(1) $9x^2-16y^2=144$　　　　　　(2) $\dfrac{x^2}{144}-\dfrac{y^2}{256}=1$

3.已知椭圆 $\dfrac{x^2}{m}+\dfrac{y^2}{n}=1$ 与双曲线 $\dfrac{x^2}{p}-\dfrac{y^2}{q}=1(m、n、p、q\in\mathbf{R}^+)$ 有共同的焦点 F_1、F_2,P 是椭圆和双曲线的一个交点,求 $|PF_1|\cdot|PF_2|$ 的值.

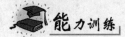 能力训练

已知双曲线 $x^2 - y^2 = a^2(a > 0)$ 与直线 $y = \frac{1}{2}x$ 交于点 A 和点 B,且 $|AB| = 2\sqrt{5}$,求 a 的值.

综合训练

 基础训练

一、选择题

1. 经过点 $(1,2)$ 的抛物线的标准方程是（　　）.

A. $y^2 = 4x$ B. $x^2 = \frac{1}{2}y$

C. $y^2 = 4x$ 或 $x^2 = \frac{1}{2}y$ D. $y^2 = 4x$ 或 $x^2 = 4y$

2. 椭圆 $\frac{x^2}{34} + \frac{y^2}{n^2} = 1$ 和双曲线 $\frac{x^2}{n^2} - \frac{y^2}{16} = 1$ 有相同的焦点,则实数 n 的值是（　　）.

A. ± 5 B. ± 3 C. 5 D. 9

3. 若方程 $ax^2 - by^2 = 1$, $ax^2 - by^2 = \lambda(a > 0, b > 0, \lambda > 0, \lambda \neq 1)$ 分别表示两圆锥曲线 C_1、C_2,则 C_1 与 C_2 有相同的（　　）.

A. 顶点 B. 焦点 C. 准线 D. 离心率

二、填空题

1. 抛物线顶点在原点,以 y 轴为对称轴,过焦点且与 y 轴垂直的弦长等于 8,则抛物线方程为 _____.

2. 顶点在原点,焦点在 y 轴上,且过点 $P(4,2)$ 的抛物线方程是 _____.

三、解答题

1. 椭圆的两个焦点的坐标分别是 $(-3,0)$ 和 $(3,0)$,且其上一点 P 到两个焦点的距离之和为 10,写出该椭圆的标准方程.

2. 地球的子午线是一个椭圆,它的长轴和短轴的差与长轴的比等于 $\frac{1}{300}$,求它的离心率 e.

3.已知抛物线的顶点在原点,焦点在 y 轴上,抛物线上一点 $M(m,-3)$ 到焦点的距离为 5,求 m 的值.

4.设 F_1、F_2 是双曲线 $\dfrac{x^2}{4}-y^2=1$ 的焦点,点 P 在双曲线上,且 $\angle F_1PF_2=90°$,则点 P 到 x 轴的距离是多少?

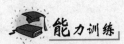能力训练

1.判断方程 $\dfrac{x^2}{9-k}-\dfrac{y^2}{k-3}=1$ 所表示的是何曲线?

2.某椭圆的对称轴是坐标轴,经过点 $P(-3,2)$,且与椭圆 $\dfrac{x^2}{9}+\dfrac{y^2}{4}=1$ 有相同的焦点,写出该椭圆的标准方程.

3.已知直线 $y=kx$ 与双曲线 $3x^2-y^2=1$ 相交于不同的两点 A、B,求 k 的取值范围.

第2章 简易逻辑

2.1 命题与逻辑联结词

基础训练

一、选择题

1.下列叙述中,不是命题的是(　　).

  A. -3 是整数吗

  B. 对于所有实数 x,$x^2 = 3x$

  C. 可以找到一个自然数 x,使其满足 $x^2 = 3x$

  D. $5 < 2$

2.下列命题为假命题的是(　　).

  A. $3 \neq 2$ B. $7 \geqslant 7$

  C. 0.6 不是有理数

  D. 三角形内任一点到三顶点的距离和小于三边和

3.叙述 $(x-1)(y-2) = 0$ 的否定叙述是(　　).

  A. $(x-1)(y-2) \neq 0$ B. $x = 1$ 且 $y \neq 2$

  C. $x = 1$ 或 $y \neq 2$ D. $x \neq 1$ 或 $y \neq 2$

二、填空题

1.能够判断真假的语句叫做＿＿＿＿＿＿＿＿＿＿＿.

2.“若 $x = 3$ 或 $x = 4$,则 $x^2 - 7x + 12 = 0$”是＿＿＿＿;其逆命题是＿＿＿＿.(填“真命题”或“假命题”)

3.设有 A、B、C、D 四个有颜色的球,若 A 为绿色,则 B 为红色;若 B 为红色,则 C 为蓝色;若 D 非白色,则 A 为绿色;今已知 C 非蓝色,则可推知,D 为＿＿＿＿色.

三、解答题

1.现有甲、乙两个命题:

  甲:正三角形的三条边长度相等;

  乙:正三角形至少有一个内角不为 $60°$.

  (1) 请分别写出两个命题的否定叙述;

  (2) 请使用“且”和“或”将两个命题连接起来.

2.试判断下列命题的真假.

(1)$5 \geqslant 0$　　　　(2)$3 \leqslant 3$　　　　(3)$2 = 3$

(4)$3 > 2$ 或 $3 = 2$　　　(5)$3 > 2$ 且 $3 = 2$　　　(6)$3 > 1$ 且 $5 > 10$

3.写出下列各命题的否定命题.

(1)$2 \neq 2$ 或 $1 < 3$　　　　　　(2)$1 \leqslant 2$

(3)$1 < 2$ 且 $3 + 4 = 8$　　　　　(4)$\triangle ABC$ 为锐角三角形

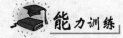 能力训练

假设甲、乙、丙分别代表下列三个叙述:

甲:矩形是正方形;

乙:正三角形是等腰三角形;

丙:每个三角形至少有一个内角不小于 $60°$.

试判断下列各叙述的真假:

(1) 甲且乙;(2) 甲且丙;(3) 甲或乙;(4) 非甲且丙;(5) 非乙或丙;(6) 甲且乙且丙.

2.2　四 种 命 题

 基础训练

一、选择题

1.下列叙述当中,不正确的是(　　).

A.如果原命题为真,其逆命题不一定为真

B.如果原命题为真,其否命题不一定为真

C.如果原命题为真,其逆否命题一定为真

D.如果原命题为真,其逆否命题不一定为真

2.假设坐标平面上有一点(x, y),满足"如果 $x > 0$,那么 $y > 0$",那么下列叙述中,不正确的是(　　).

A.若 $y \leqslant 0$,则 $x \leqslant 0$ B.若 $y > 0$,则 $x > 0$

C.若 $x > 1$,则 $y > 0$ D.若 $y < 0$,则 $x \leqslant 0$

3.下列叙述中,不正确的是(   ).

A.若 $x \neq 0$ 或 $y \neq 0$,则 $x^2 + y^0 > 0$ B.若 $x^2 + y^2 < 0$,则 $x = 0$ 且 $y = 0$

C.若 $x = 0$ 且 $y = 0$,则 $x^2 + y^2 \leqslant 0$ D.若 $x^2 + y^2 > 0$,则 $x \neq 0$ 且 $y \neq 0$

二、填空题

1.原命题为"设 x, y 为实数,若 $x^2 + y^2 > 0$,则 $x \neq 0$ 或 $y \neq 0$",则:

(1) 逆命题为_____,是_____命题;

(2) 否命题为_____,是_____命题;

(3) 逆否命题为_____,是_____命题.

2.原命题为"若两个三角形全等,则其面积相等",则:

(1) 逆命题为_____,是_____命题;

(2) 否命题为_____,是_____命题;

(3) 逆否命题为_____,是_____命题.

三、解答题

1.试判断下列命题的真假,并写出其逆命题.

(1) 若 $x > 1$,则 $x > 3$.   (2) 若 $2 < x < 5$,则 $-4 < x < 8$.

(3) 若 $x \geqslant 1$,则 $x > 1$.   (4) 若 $a \geqslant b$ 且 $a \leqslant b$,则 $a = b$.

2.原命题为"若四边形为平行四边形,则其对角线互相平分",分别写出其逆命题、否命题和逆否命题.

3.原命题为"若天下雨,则地面会湿",分别写出其逆命题、否命题与逆否命题.

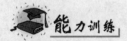
能力训练

写出"若 $x = -3$,则 $x^2 + 4x + 3 = 0$"的逆命题、否命题、逆否命题,并判定真假.

2.3　充分条件与必要条件

基础训练

一、选择题

1. 下列四个选项中,不正确的是(　　).

A. "$\triangle ABC$ 是正三角形" 为 "$\triangle ABC$ 是等腰三角形" 的充分条件

B. $a,b,c \in \mathbf{R}$, "$a^2 + b^2 + c^2 = ab + bc + ca$" 为 "$a = b = c$" 的充要条件

C. "四边形是平行四边形" 为 "四边形是菱形" 的充要条件

D. $a,b,c \in \mathbf{R}$, "$a + b > 0, ab > 0$" 为 "$a > 0$ 且 $b > 0$" 的充要条件

2. 下列叙述中正确的是(　　).

A. 设 $a,b \in \mathbf{R}$, 则 $a^2 + b^2 = 0$ 是 $a = 0$ 且 $b = 0$ 的充分必要条件

B. 设 $a,b \in \mathbf{R}$, 则 $ab = 0$ 是 $a = 0$ 且 $b = 0$ 的充分非必要条件

C. $x > 5$ 是 $x > 1$ 的必要非充分条件

D. 设 $a,b \in \mathbf{R}$, 则 $a + b = \sqrt{2}$ 是 $a = b = 0$ 的必要非充分条件

3. 下列各个选项中,叙述正确的是(　　).

A. $a = 0$ 是 $a^3 = 0$ 的充要条件　　　　B. $a > 0$ 是 $a^2 > 0$ 的充要条件

C. $a \neq b$ 是 $a^2 > b^2$ 的充分非必要条件　　D. $x > 0, y > 0$ 是 $xy > 0$ 的充要条件

二、填空题

1. 已知 $n \in \mathbf{N}$, "n^2 为 3 的倍数" 是 "n 为 3 的倍数" 的 _____ 条件.

2. 命题 "若非 P 则非 Q" 成立,而命题 "若 P 则 Q" 不成立,则 P 为 Q 的 _____ 条件.

3. 假设 a,b 为实数,请完成下列叙述:

(A) 充分非必要　　　(B) 必要非充分　　　(C) 充要　　　　　　(D) 非充分且非必要

(1) $a = 0$ 是 $a^3 = 0$ 的 _____ 条件.

(2) $a > 0$ 是 $a^2 > 0$ 的 _____ 条件.

(3) $a = b$ 是 $a^2 > b^2$ 的 _____ 条件.

(4) $a = b$ 是 $a^2 = b^2$ 的 _____ 条件.

(5) $a \neq b$ 是 $a^2 \neq b^2$ 的 _____ 条件.

(6) $x > 0, y > 0$ 是 $xy > 0$ 的 _____ 条件.

三、解答题

1. 回答下列问题,并写出简要分析.

(1) $x = 1$ 为 $x^2 - 3x + 2 = 0$ 的什么条件?

(2) $-1 \leqslant x \leqslant 4$ 为 $x > -3$ 的什么条件?

(3)$ab < 0$ 是 a、b 之中必有一者为负的什么条件?

(4)$a \neq b$ 是 $a^2 \neq b^2$ 的什么条件?

2.设 x 为实数,分别回答下列问题.

(1)若 $|x+2| \leqslant 4$ 是 $|x-1| \leqslant k$ 的充分条件,求 k 的取值范围.

(2)若 $|x+2| \leqslant 4$ 是 $|x-1| \leqslant k$ 的必要条件,求 k 的取值范围.

3.请判断下列叙述是否正确,并写出简单分析.

(1)$x(x-1) = 0$ 的充要条件为 $x = 0$ 或 $x = 1$.

(2)$x = 1$ 是 $(x-1)(x-2) = 0$ 的必要条件.

(3)$|x-1| < 1$ 是 $|x-1| < 2$ 的充分条件.

(4)$\angle A = 90°$ 为四边形 $ABCD$ 是矩形的充分条件.

能力训练

若 p 为 q 的充分非必要条件,q 为 r 的充要条件,r 为 s 的充要条件,回答下列问题:
(1)p 是 s 的什么条件?
(2)q 是 s 的什么条件?
(3)p 是 r 的什么条件?

2.4　逻辑代数

基础训练

一、选择题

有电路图如图 2-1 所示,其表示的逻辑式为(　　).

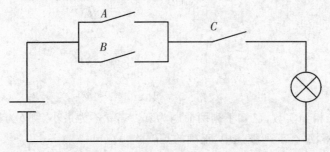

图 2-1

A. $A+BC$　　　　　　B. $AC+B$　　　　　　C. $(A+B)C$　　　　　D. $A(B+C)$

二、填空题

1. 只有决定事物的全部条件同时具备时,结果才发生,这种因果关系叫_____.

2. 在决定事物结果的诸多条件中,只要有任何一个满足,结果就会发生,这种因果关系叫

_____.

3. 只要条件具备,结果便不会发生,如果条件不具备,结果一定发生,这种因果关系叫_____.

三、解答题

1. 请完成 P 的真值表.

(1) $P=A\overline{B}+\overline{A}B$　　　　　　　　　　　　(2) $P=AB+\overline{A}\cdot\overline{B}$

2. 请利用门电路符号画出下列表达式所对应的电路.

(1) $P=A\cdot(B+C)$　　　　　　　　　　　　(2) $(A+B)\cdot(C+D)$

能力训练

组合电路如图 2-2 所示,回答下列问题.

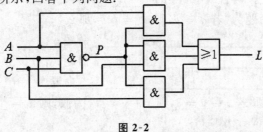

图 2-2

（1）写出 L 的逻辑表达式；

（2）完成 L 的真值表.

综合训练

 基础训练

一、选择题

1. 设 a,b,c 为三相异实数，已知下列两命题为真："若 a 不为最小，则 b 为最小"，"若 c 不为最小，则 b 最大"，那么下列叙述中，正确的是（ ）.

A. $a < b < c$ B. $a < c < b$ C. $b < c < a$ D. $b < a < c$

2. 对四边形 $ABCD$ 而言，下列叙述不正确的是（ ）.

A. $ABCD$ 为平行四边形是对角线互相平分的充要条件

B. $ABCD$ 为矩形是对角线互相平分的充分条件

C. $ABCD$ 为菱形是对角线互相垂直的充要条件

D. 对角线互相垂直平分是 $ABCD$ 为正方形的必要条件

3. 设 x 是实数，则下列叙述中不正确的是（ ）.

A. $x^2 = 9$ 的否定叙述为 $x \neq 3$ 且 $x \neq -3$

B. $|x| = -x$ 的否定叙述为 $x > 0$

C. $|x| \geqslant 1$ 的否定叙述为 $|x| < 1$

D. $0 < x < 1$ 的否定叙述为 $0 \not< x \not< 1$

二、填空题

1. 以代号 A,B,C,D 填入下列各题空格中.

其中 A 表示充分非必要，B 表示必要非充分，C 表示充要，D 表示非充分非必要.

（1）设 $a,b \in \mathbf{R}$，则 $a^2 + b^2 = 0$ 为 $ab = 0$ 的_____条件.

（2）设 $a,b \in \mathbf{R}$，则 $a = 2$ 为 $a^2 + b^2 - 4a + 4 = 0$ 的_____条件.

（3）设 $a,b \in \mathbf{R}$，则 $a + b \leqslant 1$ 为 $a^2 + b^2 \leqslant 1$ 的_____条件.

（4）"同位角相等"为"两直线平行"的_____条件.

2. 设 $a,b,c \in \mathbf{R}$，原命题为"若 $a = b$，则 $ac = bc$"，那么，

（1）逆命题是_____，是_____命题；

（2）否命题是_____，是_____命题；

（3）逆否命题是_____，是_____命题.

3. 设 $x,y \in \mathbf{R}$，若命题"若 $x - y = 3$，则 $x + y \neq 5$"为假，则 $x = $_____，$y = $_____.

三、解答题

1. 设 a,b 为实数,试判断下列各命题的真假.

(1) 若 $ab=0$,则 $a=0$ 或 $b=0$;

(2) 若 $ab=0$,则 $a=0$ 且 $b=0$;

(3) 若 $a=0$ 或 $b=0$,则 $ab=0$;

(4) 若 $a=0$ 且 $b=0$,则 $ab=0$.

2. 请分别回答下列问题,并写出简要分析.

(1) $\triangle ABC$ 中,$\angle A>90°$ 是 $\triangle ABC$ 为钝角三角形的什么条件?

(2) $\triangle ABC$ 中,$\angle A<90°$ 是 $\triangle ABC$ 为锐角三角形的什么条件?

(3) $a>0,b<0$ 是 $ab<0$ 的什么条件?

(4) $a=b=0$ 是 $a^2+b^2=0$ 的什么条件?

能力训练

如果命题"若 $a^2+b^2+c^2=ab+bc+ca$,则 $a+b+c\neq9$"为假命题,求 $9a-2b+c$ 的值.

第3章 数　　列

3.1　数列的基本知识

3.1.1　数列的基本知识(一)

基础训练

一、选择题

1.数列 $-1,\dfrac{1}{3},-\dfrac{1}{5},\dfrac{1}{7},\cdots$ 的一个通项公式是(　　).

　　A.$(-1)^n \cdot \dfrac{1}{2n-1}$　　　　　　　　B.$(-1)^{n+1} \cdot \dfrac{1}{2n+1}$

　　C.$(-1)^n \cdot \dfrac{1}{2n+1}$　　　　　　　　D.$(-1)^{n+1} \cdot \dfrac{1}{2n-1}$

2.已知数列 $\dfrac{1}{2},\dfrac{2}{3},\dfrac{3}{4},\cdots$,其中 0.9 是它的(　　).

　　A.第 9 项　　　　　B.第 10 项　　　　　C.第 11 项　　　　　D.第 12 项

3.已知数列 $-1,\dfrac{1}{4},-\dfrac{1}{9},\cdots,(-1)^n \cdot \dfrac{1}{n^2},\cdots$,它的第 5 项的值为(　　).

　　A.$\dfrac{1}{5}$　　　　　　B.$-\dfrac{1}{5}$　　　　　　C.$\dfrac{1}{25}$　　　　　　D.$-\dfrac{1}{25}$

二、填空题

1.数列 $1,3,5,7,9,\cdots$ 的第 8 项的值是_____.

2.通过研究数列,我们往往能够发现数列中前一项和后一项之间存在着一定的关系式,我们把这个关系式叫做_____.

三、解答题

1.判断下列数列是什么样的数列.

　　(1)$\{2,1,0,-1,-2,\cdots\}$　　　　　　(2)$\{4,2,-3,5\}$

　　(3)$\{2,-1,5,-67,78,\cdots\}$　　　　　　(4)$\{5,5,5,5,5,5,\cdots\}$

　　(5)$\{11,15,48,97,\cdots\}$

2. 根据条件要求写出相应数列.

（1）全体正整数数列.　　　　　　　（2）由 6 个 7 构成的数列.

（3）由角 α 的余弦 $\cos\alpha$ 构成的数列，其中，$\alpha = 90°,180°,270°,360°$.

（4）由所有负整数的倒数构成的数列.

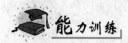 能力训练

已知数列 $\{a_n\}$ 满足 $a_1 = 2$，$a_n = 3 \cdot a_{n-1}^2$，写出数列的前 3 项.

3.1.2　数列的基本知识(二)

 基础训练

一、选择题

1. 关于以下四个数列，叙述正确的是(　　).

（1）$-1,1,-1,1,\cdots$　　　　　　（2）$1,3,5,7,9,\cdots$

（3）$\dfrac{1}{2},\dfrac{1}{3},\dfrac{1}{4},\dfrac{1}{5},\cdots$　　　　　　（4）$-27,9,-3,1$

A.（1）（2）是无穷数列，（3）（4）是有穷数列

B.（2）（3）是无穷数列，（1）（4）是有穷数列

C.（1）（2）（3）是无穷数列，（4）是有穷数列

D.（2）是无穷数列，（1）（3）（4）是有穷数列

2. 数列 $-3,-1,1,3,5,\cdots$ 的一个通项公式为(　　).

A. $a_n = n - 4$　　　　B. $a_n = 2n - 5$　　　　C. $a_n = -2n + 5$　　　　D. $a_n = 3(-1)^n$

二、填空题

1. 已知数列的通项公式为 $a_n = (-1)^{n+1} \cdot (2n-3)$，则 $a_3 + a_4 + a_5 = $ _____.

2. 已知数列的通项公式为 $a_n = 2n(n+1)$，则 $a_2 + a_8 = $ _____.

三、解答题

1. 写出下列数列的通项公式.

（1）$-\dfrac{1}{2\times1},\dfrac{1}{2\times2},-\dfrac{1}{2\times3},\cdots$　　　　　　（2）$\dfrac{1}{2},-\dfrac{1}{4},\dfrac{1}{8},-\dfrac{1}{16},\cdots$

(3) $\dfrac{2^2-1^2}{2},\dfrac{3^2-2^2}{3},\dfrac{4^2-3^2}{4},\cdots$ (4) $\dfrac{1+2}{1\times 2},\dfrac{2+3}{2\times 3},\dfrac{3+4}{3\times 4},\dfrac{4+5}{4\times 5},\cdots$

2. 已知一个数列的通项公式为 $a_n=\dfrac{1+(-1)^n}{n}$，则这个数列的第 40 项的值是多少？

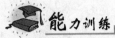

已知数列 $\{a_n\}$ 中，$a_1=5$，$a_2=2$，$a_n=2a_{n-1}+3a_{n-2}(n\geqslant 3)$，求这个数列的第 7 项的值.

3.2 等 差 数 列

3.2.1 等差数列(一)

一、选择题

1. 等差数列 $\{a_n\}$ 中，$a_5=11$，$a_{11}=5$，又知 $a_m=0$，则 m 的值是（   ）.

A. 10   B. 12   C. 16   D. 18

2. 在等差数列 $\{a_n\}$ 中，$a_5+a_6+a_7+a_8+a_9=450$，则 a_7 的值是（   ）.

A. 90   B. 45   C. 180   D. 无法确定

二、填空题

1. 等差数列的通项公式是_____.

2. 等差数列 $\{a_n\}$ 中，$a_1=5$，$d=3$，则 a_6 的值是_____.

三、解答题

1. 根据 a_1 和 d 的值，写出等差数列的通项公式.

(1) $a_1=0$，$d=3$ (2) $a_1=4$，$d=-6$

(3) $a_1=1$，$d=\dfrac{1}{2}$ (4) $a_1=7$，$d=0$

2. 根据已知条件，求解未知量.

(1) 在等差数列 $\{a_n\}$ 中，已知 $a_5=10$，$a_{12}=31$，求 a_1 和 d 的值.

(2) $\{a_n\}$ 是等差数列,若 $a_2+a_4+a_9+a_{11}=36$,则 a_6+a_7 的值是多少?

(3) 已知等差数列为 $8,5,2,\cdots$,那么 a_{10} 是多少?

(4) 等差数列 $\{a_n\}$ 中,已知 $a_3=5,a_7=15$,则 a_{12} 是多少?

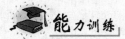

已知等差数列的首项为 $\dfrac{1}{25}$,第 10 项是第一个比 1 大的项,求该等差数列公差 d 的取值范围.

3.2.2　等差数列(二)

一、选择题

1. 等差数列 $\{a_n\}$ 中,$S_{10}=120$,则 a_2+a_9 的值是(　　).

　　A.12　　　　　　B.24　　　　　　C.36　　　　　　D.48

2. 等差数列 $\{a_n\}$ 中,$a_5+a_{16}=30$,则 S_{20} 等于(　　).

　　A.150　　　　　B.300　　　　　C.600　　　　　D.1200

3. 数列 $\{a_n\}$ 是公差为 $d(d\neq0$ 且 $d\neq1)$ 的等差数列,它的前 20 项的和 $S_{20}=10m$,则下列等式中正确的是(　　).

　　A.$m=2a_5+a_{10}$　　B.$m=a_1+2a_{10}$　　C.$m=a_5+a_{15}$　　D.$m=2a_{10}+d$

二、填空题

1. 等差数列前 n 项和公式为_____.

2. 数列 $\{a_n\}$ 的前 n 项和 $S_n=3n^2-5n$,则 a_{20} 的值为_____.

三、解答题

1. 求出所给等差数列的前 10 项和.

(1) 已知通项公式为 $a_n=4-3(n-1)$　　(2) 已知 $a_1=0,d=5$

(3) 已知 $S_n=n^2-2n$

2. 工厂生产某种零件,如果从某一个月开始生产了 200 个零件,以后每月比上一个月多生产 100 个,那么经过多少个月后,该厂共生产 3 500 个零件?

3. 设等差数列 $\{a_n\}$ 的前 n 项和公式是 $S_n = 5n^2 + 3n$,求它的前 3 项的值,并求出通项公式.

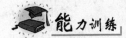 能力训练

一个多边形的周长等于 158cm,所有各边的长成等差数列,公差等于 3cm,最大的边长等于 44cm,求多边形的边数.

3.3 等比数列

3.3.1 等比数列(一)

 基础训练

一、选择题

1. 在等比数列 $\{a_n\}$ 中,$a_1 + a_2 = 2$,$a_3 + a_4 = 50$,则公比 q 的值为( ).

A. 25　　　　B. 5　　　　C. -5　　　　D. ± 5

2. 下列四个命题:(1)公比 $q > 1$ 的等比数列的各项都大于 1;(2)公比 $q < 0$ 的等比数列是递减数列;(3)常数列是公比为 1 的等比数列;(4)$\{\lg 2^n\}$ 是等差数列而不是等比数列. 正确命题的个数是( ).

A. 0　　　　B. 1　　　　C. 2　　　　D. 3

3. 在等比数列 $\{a_n\}$ 中,$a_2 = 2$,$a_5 = 54$,则 q 的值是( ).

A. 2　　　　B. 3　　　　C. 4　　　　D. 5

二、填空题

1. 等比数列的通项公式是_____.

2. 若数列 $\{a_n\}$ 为等比数列,且 $a_6 = 4$,$a_{14} = 64$,则 a_{20} 的值是_____.

三、解答题

1. 根据 a_1 和 q 的值,写出等比数列的通项公式.

(1) $a_1 = 2$,$q = 3$　　　　　　　　(2) $a_1 = -4$,$q = 2$

(3)$a_1 = 1, q = \dfrac{1}{2}$　　　　　　　　(4)$a_1 = 7, q = -1$

2. 一个等比数列的第 2 项是 10，第 3 项是 20，求第 1 项和第 4 项的值.

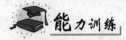 能力训练

根据下列等比数列 $\{a_n\}$ 的已知条件，求出相应的未知量.

(1)$a_1 = 4, q = 3, a_n = 324$，求项数 n.

(2)$q = 2, a_5 = 48$，求 a_1 和通项公式.

3.3.2　等比数列(二)

 基础训练

一、选择题

1. 等比数列 $\{a_n\}$ 中，$a_2 = 9, a_5 = 243$，则 $\{a_n\}$ 的前 4 项和为（　　）.

A. 81　　　　　　B. 120　　　　　　C. 140　　　　　　D. 192

2. 等比数列 $\{a_n\}$ 中，$a_1 + a_3 = 10, a_4 + a_6 = \dfrac{5}{4}$，则数列 $\{a_n\}$ 的通项公式为（　　）.

A. $a_n = 2^{4-n}$　　　　B. $a_n = 2^{n-4}$　　　　C. $a_n = 2^{n-3}$　　　　D. $a_n = 2^{3-n}$

二、填空题

1. 等比数列前 n 项和公式为 _____.

2. 某种细菌在培养过程中，每半小时分裂一次（1 个分裂为 2 个），经过 4 小时，这种细菌由 1 个可繁殖成 _____ 个.

三、解答题

1. 三个数成等比数列，它们的和等于 14，它们的积等于 64，求这三个数.

2. 已知数列前 n 项和 $S_n = 2^n - 1$，则此数列的奇数项的前 n 项和是多少？

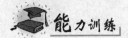

已知数列 $\{b_n\}$ 满足 $b_{n+1} = 2b_n + 2$, 求证: 数列 $\{b_n + 2\}$ 是公比为 2 的等比数列.

综 合 训 练

一、选择题

1. 等差数列前 n 项和为 S_n, 且 $S_{10} = 100$, $S_{30} = 900$, 那么 S_{50} 的值为（　　）.

　　A. 2 400　　　　　　B. 2 500　　　　　　C. 2 700　　　　　　D. 2 800

2. 数列 $\{a_n\}$ 的前 n 项和为 $S_n = an^2 + bn + c$, a、b、c 均为常数, 则 $c = 0$ 是数列 $\{a_n\}$ 为等差数列的（　　）.

　　A. 充分不必要条件　　　　　　　　B. 必要不充分条件

　　C. 充要条件　　　　　　　　　　　D. 非充分非必要条件

3. 等比数列 $\{a_n\}$ 中, 首项 $a_1 < 0$, 若数列 $\{a_n\}$ 是递增数列, 则公比 q 满足（　　）.

　　A. $q > 1$　　　　　　B. $q < 1$　　　　　　C. $0 < q < 1$　　　　　D. $q < 0$

二、填空题

1. 在等差数列 $\{a_n\}$ 中, 已知 $a_4 = 7$, 则它的前 7 项的和为_____.

2. 已知一个等差数列的前五项之和为 45, 第 10 项为 30, 则第 100 项是_____.

3. 45 和 80 的等差中项是_____; 等比中项是_____.

三、解答题

1. 已知某等差数列各项之和为 2 380, 首项为 1, 公差为 3, 则这个数列共有多少项?

2. 有四个数, 前三个数成等比数列, 其和为 13, 后三个数成等差数列, 其和为 27, 求这四个数的值.

3. 求和:$1+x+x^2+\cdots+x^n$.

4. 等比数列 $\{a_n\}$ 中,$a_1+a_2=4$,$a_3+a_4=4$,则 S_{12} 是多少?

能力训练

1. 若 $\{a_n\}$ 是等比数列,且前 n 项和为 $S_n=3^{n-1}+t$,则 t 的值是多少?

2. 若三个数成等差数列,其和为 15,其平方和为 93,求这三个数.

第4章 排列组合与概率

4.1 两个原理

基础训练

一、选择题

1. 从甲地到乙地每天有直达班车 4 班,从甲地到丙地,每天有 5 个班车,从丙地到乙地,每天有 3 个班车,则从甲地到乙地,不同的乘车方法有（   ）种.

   A. 12   B. 19   C. 32   D. 60

2. 将 5 封信投入 3 个邮箱,不同的投法共有（   ）种.

   A. 5^3 B. 3^5 C. 3   D. 5

二、填空题

1. 从北京到天津的火车有 10 个车次,汽车有 12 个班次,从北京到达天津的方法有_____种.

2. 某校信息中心大楼共 5 层,一楼和二楼都有 4 条通道上楼,三楼有 3 条通道上楼,四楼有 2 条通道上楼,那么一人从一楼去五楼,共有_____种不同的走法.

三、解答题

1. 四位同学参加跳远、跳高、跑步三项比赛,要求每人报名参加一项,问有多少种不同的报名方法?

2. 四位同学争夺跳远、跳高、跑步三项比赛的冠军,问有多少种不同的结果?

3. 书架上层放着 6 本不同的数学书,下层放着 5 本不同的语文书,求:

   (1) 从中任取一本,有多少种不同的取法?

   (2) 从中任取数学书和语文书各一本,有多少种不同的方法?

4. 某班要从 3 个舞蹈节目、2 个小品节目、4 个唱歌节目中选取两个不同类型的节目去参加校文艺晚会,问有几种选法?

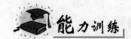 **能力训练**

如图 4-1 所示的电路,一电子从 A 运动到 B 有多少条不同的线路?

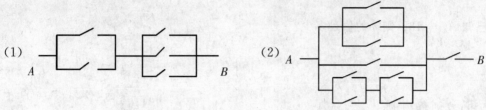

图 4-1

4.2 排 列

 **基础训练**

一、选择题

1.5 本不同的书,发给 3 名同学,每人 1 本,共(   )种不同的分法.

    A. 35　　　　　　　　B. 60　　　　　　　　C. 40　　　　　　　　D. 75

2.4 支足球队争夺冠、亚军,不同的结果有(   )种.

    A. 8　　　　　　　　B. 10　　　　　　　　C. 12　　　　　　　　D. 16

二、填空题

1. $5! = $ _____.

2. $A_8^3 = $ _____.

三、解答题

1. 求下列各式的值.

(1) $5A_5^3 + 4A_3^2$ 　　　　　　　　　　　(2) $A_4^1 + A_4^2 + A_4^3 + A_4^4$

(3) $\dfrac{A_7^5 - A_6^6}{A_6^6 + A_5^5}$ 　　　　　　　　　　　(4) $\dfrac{2A_9^5 + 3A_9^6}{9! - A_{10}^6}$

2. 7 个人站成一排,试求:

(1) 甲站在中间的不同排法有几种?

(2) 甲、乙相邻的不同排法有几种?

(3) 甲、乙不相邻的不同排法有几种?

(4) 甲、乙、丙两两不相邻的不同排法有几种?

3.已知 $A_n^2 = 132$,则 n 的值是多少?

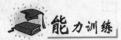**能力训练**

某商场中有 10 个展架排成一排,展示 10 台不同的电视机,其中,甲厂 5 台,乙厂 3 台,丙厂 2 台,若要求同厂的产品分别集中,且甲厂产品不放两端,则不同的陈列方式有多少种?

4.3 组 合

4.3.1 组合(一)

**基础训练**

一、选择题

1.已知 $C_x^2 = 28$,则 x 的值为( ).

   A.9   B.8   C.7   D.6

2.四个不同的球放入编号为 1、2、3、4 的四个盒中,则恰有一个空盒的放法共有( )种.

   A.288   B.144   C.96   D.24

二、填空题

1.从 6 位候选人中选出 2 人分别担任班长和团支部书记,有_____种不同的选法.

2.$C_{15}^3 = $ _____.

3.$\dfrac{C_6^3}{C_8^4} = $ _____.

三、解答题

1.解方程:$C_4^{2x} + C_4^{2x-1} = C_6^5 - C_6^6$.

2.从 5 名男生和 4 名女生中选出 4 人去参加辩论比赛,问:

(1) 如果 4 人中男生和女生各选 2 人,有多少种选法?

(2) 如果男生中的甲与女生中的乙必须在内,有多少种选法?

(3) 如果男生中的甲与女生中的乙至少要有 1 人在内,有多少种选法?

3. 从 a、b、c、d、e 这 5 个元素中取出 4 个元素,有多少种不同的组合?

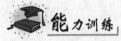 能力训练

求解方程组 $\begin{cases} A_x^y = 272 \\ C_x^y = 136 \end{cases}$.

4.3.2 组合(二)

 基础训练

一、选择题

1. 已知 $x,y \in \mathbf{N}$,且 $C_n^x = C_n^y$,则 x、y 的关系是( ).

 A. $x = y$ B. $y = n - x$

 C. $x = y$ 或 $x + y = n$ D. $x \geqslant y$

2. 方程 $C_{28}^x = C_{28}^{3x-8}$ 的解集为( ).

 A. $\{4\}$ B. $\{9\}$

 C. $\varnothing$ D. $\{4,9\}$

二、填空题

1. 若 $C_n^{10} = C_n^8$,则 C_{20}^n 的值为_____.

2. 已知甲、乙两组各有 8 人,现从每组抽取 4 人进行计算机知识竞赛,比赛成员的组成共有_____种可能.

三、解答题

1. 在 20 件产品中,有 2 件次品,从中任取 5 件,求:

(1)"其中恰有 2 件次品"的抽法有多少种?

(2)"其中恰有 1 件次品"的抽法有多少种?

(3)"其中没有次品"的抽法有多少种?

2. 从 A、B、C、D、E 五名竞赛运动员中,任选四名排在 1、2、3、4 四条跑道上,其中运动员 E 不能排在 1、2 跑道上,则不同的排法数有几种?

3. 某学生要邀请 10 位同学中的 6 位参加一项活动,其中有 2 位同学要么都请,要么都不请,共有几种邀请方法?

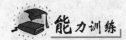 能力训练

高二某班第一小组共有 12 位同学,现在要调换座位,使其中 3 个人都不坐自己原来的座位,其他 9 人的座位不变,共有几种不同的调换方法?

*4.4 二项式定理

 基础训练

一、选择题

1. $(1+x)^6(1-x)^4$ 的展开式中含 x^3 的项的系数是(   ).

    A. 15 B. -4 C. -8 D. -60

2. 在 $(x^2+3x+2)^5$ 的展开式中 x 的系数是(   ).

    A. 160 B. 240 C. 360 D. 800

二、填空题

1. $\left(x^2+\dfrac{1}{3x}\right)^8$ 的展开式中,x^7 的二项式系数为_____.

2. 若 $(2-x)^{10}=a_0+a_1x+a_2x^2+\cdots+a_{10}x^{10}$,则 $a_0+a_2+a_4+\cdots+a_{10}=$ _____.

三、解答题

1. 求 $(1+x)+(1+x)^2+(1+x)^3+(1+x)^4+(1+x)^5$ 展开式中,x^3 的系数.

2. 若 $(1+2x)^6$ 展开式中的第二项大于它的相邻的两项,求 x 的范围.

3. 在 $(x+m)^7 (m\in \mathbf{N}^+)$ 的展开式中,x^5 的系数是 x^6 的系数与 x^4 的系数的等差中项,则 m 的值是多少?

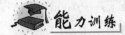**能力训练**

利用二项式定理证明：$12^{2n+1} + 11^{n+2}$ 能被 133 整除.

4.5 概率初步

4.5.1 概率初步（一）

**基础训练**

一、选择题

1. 下列事件中，随机事件是（　　）.

   A. 物体在重力的作用下自由下落 　　　　B. x 为实数，$x^2 < 0$

   C. 在某一天内电话收到呼叫次数为 0 　　D. 今天下雨或不下雨

2. 向区间 $(0, 2)$ 内投点，点落入区间 $(0, 1)$ 内属于（　　）.

   A. 必然事件 　　　　B. 不可能事件 　　　　C. 随机事件 　　　　D. 无法确定

3. 从 $1, 2, \cdots, 9$ 共九个数字中任取一个数字，取出数字为偶数的概率为（　　）.

   A. 0 　　　　　　B. 1 　　　　　　C. $\dfrac{5}{9}$ 　　　　　　D. $\dfrac{4}{9}$

二、填空题

1. 求一个事件概率的基本方法是通过大量的_____试验，用这个事件发生的_____近似作为它的概率.

2. 一个事件的概率 P 的取值范围为_____. 当为必然事件时，该值为_____；当为不可能事件时，该值为_____.

3. 袋中有 3 个红球，3 个白球，从中任意取出一个球，其颜色为白球的概率是_____.

三、解答题

1. 在研究概率的历史上，英国人蒲丰、皮尔逊就先后做过掷硬币实验，他们的实验数据如表 4-1 所示.

表 4-1

实验人	蒲丰	皮尔逊	皮尔逊
投掷次数	4 040	12 000	24 000
出现正面次数	2 048	6 019	12 012
出现正面频率			

（1）计算表 4-1 中出现正面的各个频率.

（2）随机掷一枚硬币,出现正面的概率是多少?出现反面的概率是多少?

2. 某车间一段时间生产了某种规格的螺帽几十万个,现在分堆进行抽查,先后共抽查了 400 个,发现其中合格品 388 个,不合格品 12 个,如果将这批螺帽全部装箱,其中每 1 000 个装成一箱,那么可以估计平均每箱合格品多少个?从实际情况来说,是否一定如此?

3. 写出下列事件是必然事件、不可能事件还是随机事件.
   （1）打开电视机,它正在播新闻;

   （2）掷一枚均匀的骰子,骰子停止转动后朝上的点数是 7;

   （3）一个大气压下,气温低于 0℃,水会结冰;

   （4）抛出的球会落下.

 能力训练

下列事件哪些是必然事件?哪些是不可能事件?哪些是随机事件?
（1）存在有理数 x,使 $x-2<2$;
（2）有理数 a、b,使 $-a-b>a+b$;
（3）一个整数的平方的末位数字不是 9;
（4）从一副洗好的只有数字 1 到 10 的 40 张扑克牌里一次任意抽出两张牌,它们的积恰为 15.

4.5.2　概率初步(二)

基础训练

一、选择题

1. 十个人站成一排,其中甲、乙、丙三人恰巧站在一起的概率为(　　).

    A. $\dfrac{1}{15}$ B. $\dfrac{1}{90}$ C. $\dfrac{1}{120}$ D. $\dfrac{1}{720}$

2. 一个口袋中装有 15 个完全相同的球, 其中 10 个白球, 5 个黑球, 从中摸出 2 个球, 则 1 个是白球, 1 个是黑球的概率是( ).

A. $\dfrac{10}{21}$ 　　　　 B. $\dfrac{3}{7}$ 　　　　 C. $\dfrac{2}{21}$ 　　　　 D. $\dfrac{4}{7}$

3. 从分别写有 A、B、C、D、E 的 5 张卡片中, 任取 2 张, 这 2 张卡片上的字母恰好是按字母顺序相邻的概率是( ).

A. $\dfrac{1}{5}$ 　　　　 B. $\dfrac{2}{5}$ 　　　　 C. $\dfrac{3}{10}$ 　　　　 D. $\dfrac{7}{10}$

二、填空题

1. 一次试验中含有 n 个基本事件, 而某个事件 A 含有 m 个结果, 则事件 A 的概率为_____.

2. 从长度分别为 1、3、5、7、9 个单位的 5 条线段中任取 3 条作边, 能组成三角形的概率为_____.

3. 从数字 1、2、3、4、5 中任取 2 个不同的数, 构成一个两位数, 则这个数大于 40 的概率是_____.

三、解答题

1. 一个口袋里装有 5 个白球和 3 个黑球, 从中任取 2 个球, 求:

(1) 取得 2 个球颜色相同的概率;

(2) 取得 2 个球中至少有一个白球的概率.

2. 某组有 16 名学生, 其中男、女生各占一半, 把全组学生分成人数相等的两小组, 求每小组里男、女生人数相同的概率.

能力训练

由 1、2、3、4、5 五个数字组成五位数, 计算:

(1) 这个五位数能被 2 整除的概率;

(2) 这个五位数能被 3 整除的概率;

(3) 这个五位数比 45 000 大的概率.

4.5.3 概率初步(三)

基础训练

一、选择题

1. 如果 A、B 是互斥事件,那么( ).

　A. $A+B$ 是必然事件　　　　　　　　B. $\overline{A}+\overline{B}$ 是必然事件

　C. $\overline{A}$ 与 $\overline{B}$ 一定不互斥　　　　　　D. A 与 $\overline{B}$ 可能互斥,也可能不互斥

2. 有 10 名学生,其中 4 名男生,6 名女生,从中任选 2 名,则恰好是 2 名男生或 2 名女生的概率为( ).

　A. $\dfrac{2}{45}$　　　　　B. $\dfrac{2}{15}$　　　　　C. $\dfrac{1}{3}$　　　　　D. $\dfrac{7}{15}$

3. 从一批五金产品中任取一个,质量小于 4.8g 的概率是 0.3,质量不小于 4.85g 的概率是 0.32,那么质量在 $[4.8,4.85)$(g) 范围内的概率是( ).

　A. 0.62　　　　　B. 0.38　　　　　C. 0.7　　　　　D. 0.68

二、填空题

1. 在一次试验中,不可能同时发生的两个事件叫做_____.

2. 某班有学生 36 人,血型为 A 型的有 12 人,B 型有 10 人,AB 型有 8 人,O 型有 6 人,若从这个班级随机抽取 2 人,则这两个人的血型相同的概率是_____.

3. 甲、乙两人下棋,甲获胜的概率为 40%,甲不输的概率为 90%,则甲、乙两人下成和棋的概率是_____.

三、解答题

1. 在 10 000 张有奖明信片中,设有特等奖 1 个,一等奖 5 个,二等奖 20 个,三等奖 100 个,从中买 1 张,则:

(1) 获得特等奖、一等奖、二等奖、三等奖的概率各是多少?

(2) 中奖的概率是多少?

2. 现有标号为 1、2、3、4、5 的五封信,另有同样标号的五个信封,现将五封信任意地装入五个信封中,每个信封装一封信,试求至少有两封信与信封标号一致的概率.

3. 今有光盘驱动器 50 个,其中一级品 45 个,二级品 5 个,从中任取 3 个,求出现二级品的概率.

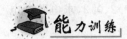能力训练

从编号分别为 $1,2,3,\cdots,10$ 的大小相同的 10 个球中任取一个,求取的球是偶数号的概率.

4.5.4　概率初步(四)

基础训练

一、选择题

1. 若 A 与 B 相互独立,且 B 与 C 也相互独立,则 A 与 C( )．
   A. 相互独立
   B. 不相互独立
   C. 可能相互独立,也可能不相互独立
   D. 互斥

2. 一学生通过某种英语听力测试的概率为 $\frac{1}{2}$,他连续测试 2 次,则恰有 1 次获得通过的概率为( )．
   A. $\frac{3}{4}$
   B. $\frac{1}{2}$
   C. $\frac{1}{3}$
   D. $\frac{1}{4}$

3. 如果甲以 10 发 8 中,乙以 10 发 6 中,丙以 10 发 7 中的命中率打靶,三人各射击一次,则三人中只有一人命中的概率为( )．
   A. $\frac{3}{20}$
   B. $\frac{42}{125}$
   C. $\frac{47}{250}$
   D. $\frac{24}{250}$

二、填空题

1. 事件 A(或 B)是否发生对于事件 B(或 A)发生的概率没有影响,这样的两个事件叫做_____.

2. 10 件产品中有 4 件是次品,从这 10 件产品中任选 2 件,恰好是 2 件正品或 2 件次品的概率是_____.

3. 打靶时,甲每打 10 次可中靶 8 次,乙每打 10 次可中靶 7 次,若两人同时射击一次,他们都中靶的概率为_____.

三、解答题

1. 某单位 6 个员工借助互联网开展工作,每个员工上网的概率都是 0.5,求:
   (1) 至少 3 人同时上网的概率;

   (2) 至少几个人同时上网的概率小于 0.3?

2. 电路由电池 A、B、C 并联组成，电池 A、B、C 损坏的概率分别是 0.3、0.2、0.2，求电路断电的概率.

能力训练

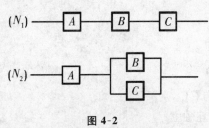

图 4-2

如图 4-2 所示，用 A、B、C 三类不同元件连接成两个系统 N_1、N_2，当元件 A、B、C 都正常工作时，系统 N_1 正常工作；当元件 A 正常工作且元件 B、C 至少有一个正常工作时，系统 N_2 正常工作. 已知元件 A、B、C 正常工作的概率依次为 $0.80,0.90,0.90$，分别求系统 N_1、N_2 正常工作的概率 P_1、P_2.

4.5.5 概率初步(五)

基础训练

一、选择题

某射手射击 1 次，击中目标的概率是 0.9，他射击 4 次恰好有 2 次击中的概率是(　　).

A. 0.4 　　　　　　B. 0.0486 　　　　　　C. 0.45 　　　　　　D. 0.045

二、填空题

1. n 次独立重复试验所满足的条件是：

(1)＿＿＿＿＿＿＿＿＿＿＿＿＿＿＿＿＿＿＿＿＿＿＿＿＿＿＿.

(2)＿＿＿＿＿＿＿＿＿＿＿＿＿＿＿＿＿＿＿＿＿＿＿＿＿＿＿.

2. 发生概率为 P 的事件 A 在 n 次独立重复试验中发生 k 次的概率公式为＿＿＿＿＿＿.

三、解答题

1. 若某产品的次品率为 $P=0.05$，现从中任意抽取 4 件检验，计算其中没有次品、1 件次品、2 件次品、3 件次品、全是次品的概率.

2. 若在四次独立重复试验中，事件 A 最少出现一次的概率是 $\dfrac{80}{81}$，求事件 A 在各次试验中发生的概率.

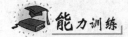

能力训练

某一所中学里有 1 070 人, 对每个学生而言, 他的生日在某一确定日期的概率 $P = \dfrac{1}{365}$, 计算下列事件发生的概率:

(1) 恰有三名学生的生日在元月 1 日;

(2) 没有一个学生的生日在元月 1 日.

综 合 训 练

基础训练

一、选择题

1. 5 名成人带两个小孩排队上山, 小孩不排在一起也不排在头尾, 则不同的排法种数是 ( ).

A. $A_5^5 A_5^5$
B. $A_5^5 A_4^2$
C. $A_5^5 A_6^2$
D. $A_7^7 - 4A_6^6$

2. 把 a、b、c、d 四个字母排成一列, b 不排第二的不同排法有 ( ).

A. $A_4^1 A_5^3$
B. $A_3^1 A_3^3$
C. A_5^4
D. $A_4^3 A_4^3$

3. $\left(x - \dfrac{1}{x}\right)^9$ 的展开式中 x^3 的系数是 ( ).

A. C_9^3
B. $-C_9^3$
C. C_9^2
D. $-C_9^2$

4. 若甲以 10 发 8 中, 乙以 10 发 6 中, 丙以 10 发 7 中的命中率打靶, 3 人各射击 1 次, 则 3 人中只有 1 人命中的概率为 ( ).

A. $\dfrac{21}{250}$
B. $\dfrac{47}{250}$
C. $\dfrac{42}{750}$
D. $\dfrac{3}{20}$

二、填空题

1. 有 5 幅不同的国画, 2 幅不同的油画, 7 幅不同的水彩画, 从这些画中选出 2 幅不同画种的画布置房间, 不同的选法有 _____ 种.

2. 5 个人排成一排, 甲与乙不相邻, 且甲与丙也不相邻的不同排法有 _____ 种.

3. $\left(x^3 + \dfrac{1}{x}\right)^n$ 展开式中, 只有第 6 项的系数最大, 展开式中的常数项是 _____.

4. 袋中有 10 个球, 其中 7 个是红球, 3 个是白球, 从中任意取出 3 个, 则取出的 3 个都是红球的概率是 _____.

三、解答题

1. 将 4 个编号的球随机地放入 3 个编号的盒中,对每一个盒来说,所放的球数 k 满足 $0 \leqslant k \leqslant 4$. 假定各种放法是等可能的,试求:

    (1)"第一盒中没有球"的概率;

    (2)"第一盒中恰有一球"的概率;

    (3)"第一盒中恰有两球"的概率;

    (4)"第一盒中恰有三球"的概率.

2. 用 $0,1,2,3,4,5$ 可以组成多少个没有重复数字的六位数?

3. 已知 $(1 + 2\sqrt{x})^n$ 展开式中,某一项的系数恰好是它前一项系数的 2 倍,且等于它后一项系数的 $\dfrac{5}{6}$,试求该展开式系数最大的项.

4. 从 4 种蔬菜品种中选出 3 种,分别种植在不同土质的 3 块土地上进行试验,有多少种不同的种植方法?

能力训练

    某小组有男生 6 人,女生 4 人,现要选 3 个人当班干部,求当选的 3 人中至少有 1 个女生的概率.